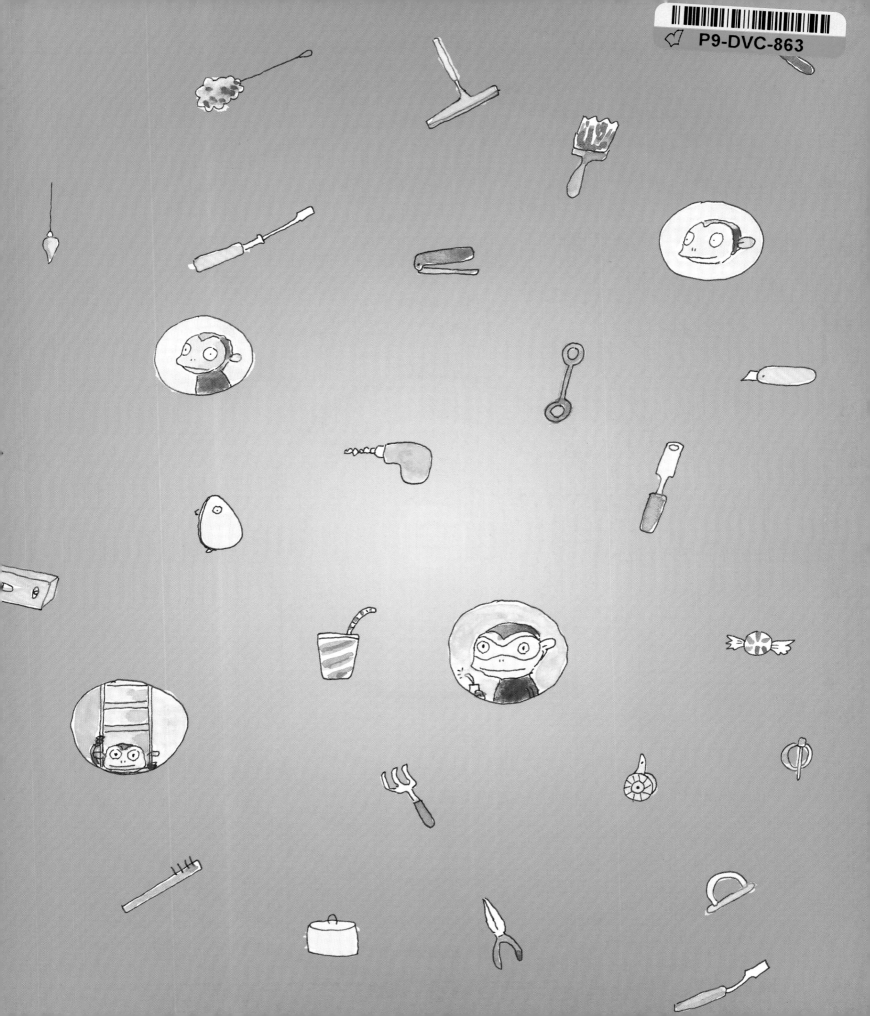

Chico Bun Bun
Un mono manitas

Un extraño ruido

Chris Monroe

Picarona

Para Vern y Gary

C.M.

Puedes consultar nuestro catálogo en
www.picarona.net

Chico Bun Bun un mono manitas. Un extraño ruido
Texto e ilustraciones: *Chris Monroe*

1.ª edición: junio de 2020

Título original: *Monkey with a Tool Belt and the Noisy Problem*

Traducción: *David Aliaga*
Maquetación: *Montse Martín*
Corrección: *Sara Moreno*

© 2009, Chris Monroe
Publicado por acuerdo con Carolrhoda Books,
una división de Lerner Pub. Group, Inc. Estados Unidos
(Reservados todos los derechos)
© 2020, Ediciones Obelisco, S. L.
www.edicionesobelisco.com
(Reservados los derechos para la lengua española)

Edita: Picarona, sello infantil de Ediciones Obelisco, S. L.
Collita, 23-25. Pol. Ind. Molí de la Bastida
08191 Rubí - Barcelona
Tel. 93 309 85 25
E-mail: picarona@picarona.net

ISBN: 978-84-9145-394-9
Depósito Legal: B-10.694-2020

Impreso por ANMAN, Gràfiques del Vallès, S. L.
c/ Llobateres, 16-18, Tallers 7 - Nau 10. Polígono Industrial Santiga
08210 - Barberà del Vallès (Barcelona)

Printed in Spain

PRUUT BUM CLANG CLANG

Una mañana temprano, **Chico Bun Bun** se despertó escuchando un **ruido** muy fuerte en su casa del árbol.

«¿Qué será?» se preguntó mientras saltaba fuera de la cama y se ponía **su cinturón de herramientas.**

PRUUT BUM   CLANG CLANG

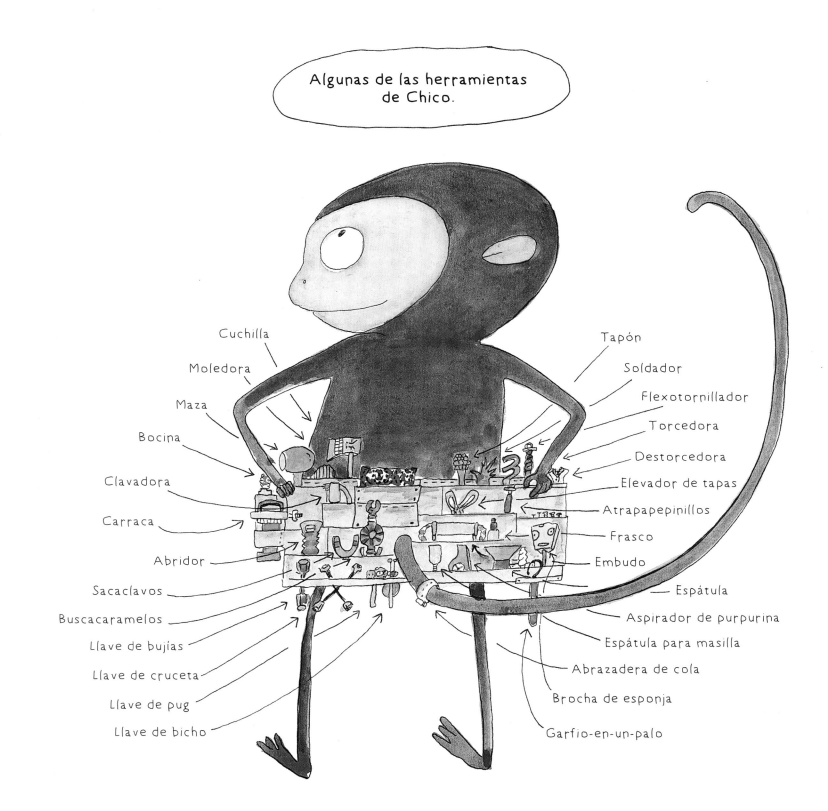

Tenía cualquier herramienta que un mono pudiese necesitar.

PRUUT BUM CLANG CLANG

¡Otra vez!

«Será el viento» pensó Chico.

Un fuerte viento estaba entrando en su dormitorio por la ventana.

Chico cerró la ventana y sacó el destornillador
de su cinturón para reajustar la barra de la
cortina, que se había caído a causa del viento.

«A veces, el viento puede ser muy ruidoso», se dijo.

Mientras desayunaba, Chico escuchó aquel ruido 17 veces.

«No estoy muy seguro de que SEA el viento...».

Chico decidió investigar.

Sacó de su cinturón su herramienta para-escuchar-un-montón
y la apoyó en la pared.

Comprobó la panera.

Se asomó a la cesta de la ropa sucia.

PRUUT
BUM
CLANG
CLANG

Levantó algunos tablones
de parqué con un sacaclavos
y unas tenazas.

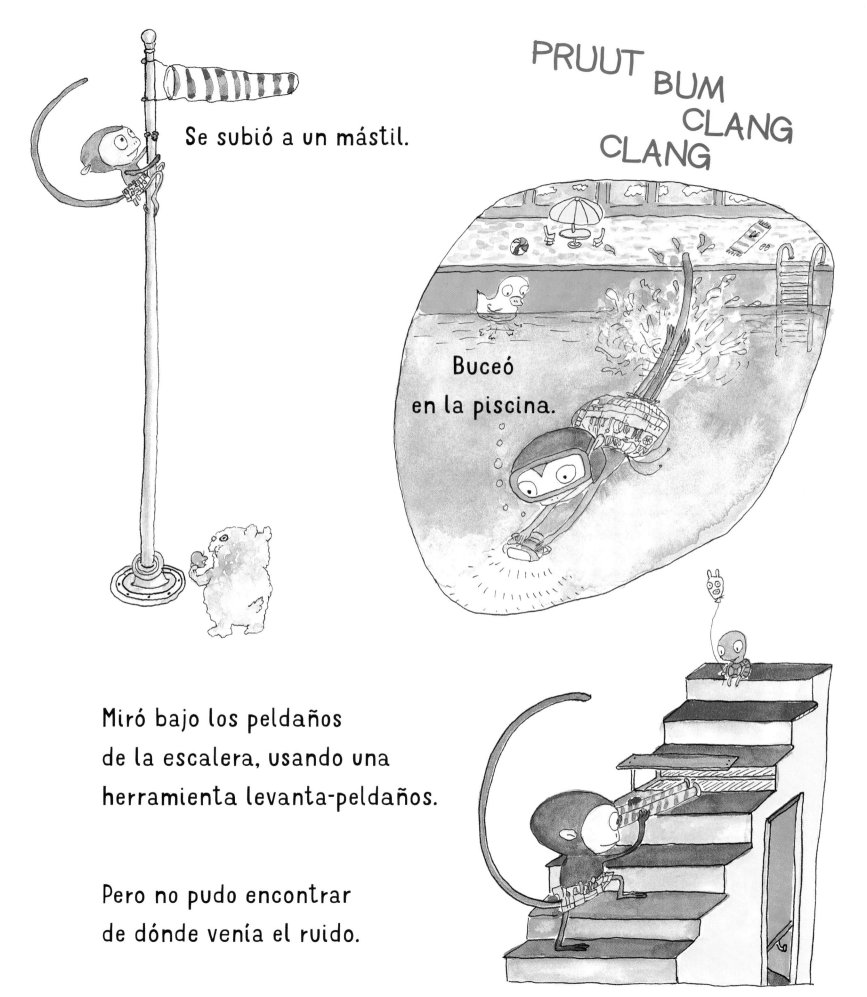

Se subió a un mástil.

PRUUT BUM
CLANG
CLANG

Buceó
en la piscina.

Miró bajo los peldaños
de la escalera, usando una
herramienta levanta-peldaños.

Pero no pudo encontrar
de dónde venía el ruido.

Chico se sentó en la escalera para pensar.

¿Estaría gastándole
una broma la familia
de pájaros carpintero?

¿Estaría alguien cortando
su casa para hacer leña?

¿Habría murciélagos
en el campanario?

¿Sería un monstruo?

¿Se habría mudado allí una familia de ardillas ruidosas?

¿Habría aterrizado una nave espacial en el tejado?

¿Sería un problema de TERMITAS?

«Esto puede ser serio», pensó Chico. Se puso sus gafas de seguridad y prosiguió su búsqueda.

Buscó en todas partes.

Pero Chico no podía ARREGLAR aquel ruidoso problema usando sus herramientas, porque NO PODÍA encontrarlo.

Chico se detuvo en el pasillo y sacó un pañuelo
de su bolsillo. Se secó el sudor de la cara
(se había ensuciado mucho durante su búsqueda,
especialmente al bajar por la chimenea).

Abrió la puerta del conducto por el que echaba
la ropa a la lavadora. Y mientras tiraba
el pañuelo, escuchó el eco del sonido en su interior.

Chico abrió bien las orejas.

«Creo que ya he encontrado el ruido», dijo.

Se colocó tapones en los oídos y un casco,
y lleno de valor, se metió en el conducto.

Estaba muy oscuro.

Chico encendió su linterna
de 1000 vatios, pero todo lo que
pudo ver fueron su pañuelo, un par
de pantalones y una toalla de playa.

Había algo haciendo tapón.

«Debería bajar
a la lavandería
para comprobarlo», pensó.

Y fue lo que hizo.

Y esto fue lo que vio:

Un **elefante**
estaba atascando
el conducto de la
lavandería.

El elefante se removió y dio golpes con sus pies.

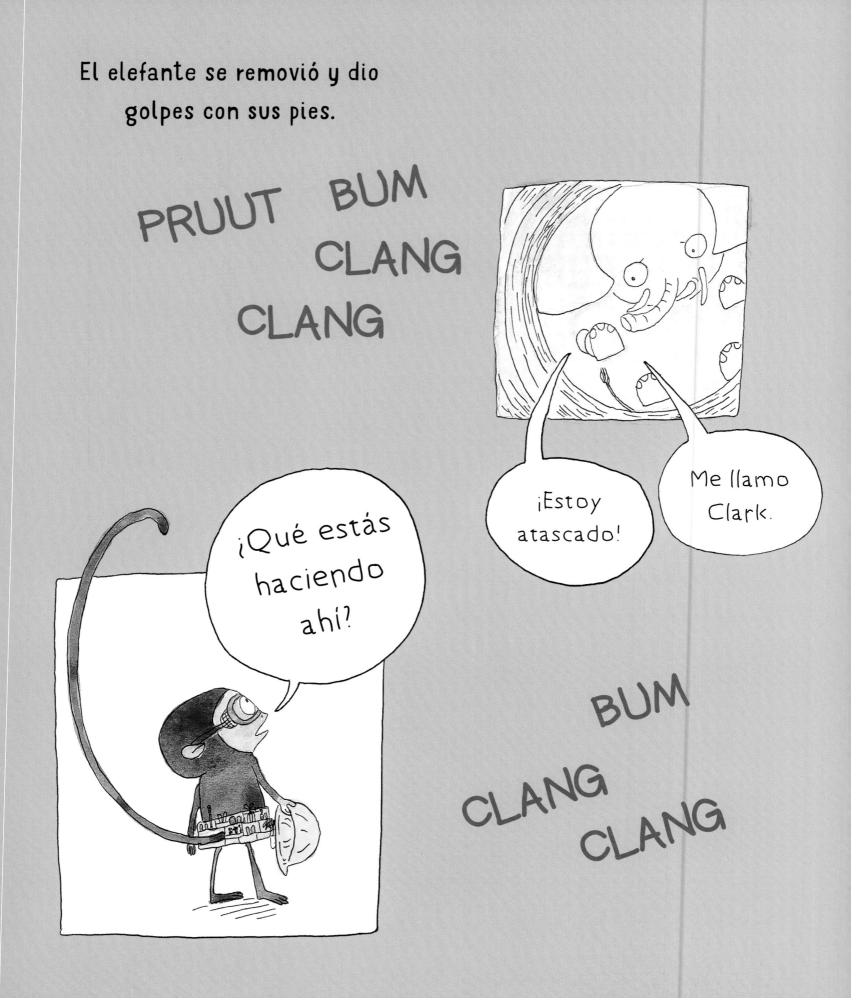

«Tendré que hacerle uno», pensó Chico. Pero, en aquel momento, lo primero era sacar a Clark.

7 Así que decidió pasar al plan B.

8 Fue a la cocina y regresó con 12 bananas. Empezó a pelarlas y comérselas una a una.

9 Clark olió las bananas.

¡Vas a comerte una banana?

10 Chico metió las pieles de las bananas en su recién construido cañón-banana y las disparó dentro del conducto.

Es parte de mi plan.

11 Entonces empleó una caña para calzar las pieles de banana alrededor de Clark.

12 Finalmente, agarró uno de los pies de Clark con un cabrestante adhesivo y tiró con todas sus fuerzas. Tiró y tiró y de pronto...

¡POP!

Clark salió del conducto, libre, y aterrizó sobre un **MONTÓN** de ropa.

—Gracias —dijo Clark—.
Era realmente
incómodo.
Y **MUY RUIDOSO**.

—Sí —dijo Chico—, realmente lo era.

Chico quería preguntarle a Clark cómo, exactamente,
había ido a parar a su conducto de la ropa sucia.
Pero pensó que sería de mala educación.

—Sí, por favor —dijo Clark.

Así que se dieron un festín a base de manteca de cacahuete y bananas.

—Menos mal que tienes ese cinturón de herramientas –dijo Clark.

—Sí –dijo chico–, es muy útil.

Y así lo hizo.